세상의 모든 저녁

박현태 시선

세상의 모든 저녁

김영래 엮음

토담미디어

박현태 시인은 경북 청도군 이서면 가금동에서 태어났다. 동아대학교 문리대 국문학과를 졸업하고 젊은 시절 광부로 3년동안 독일에 체류하였다. 귀국 후 '도서출판 白眉'를 경영하기도 했으며 산본신도시에 이주한 이후 지역문화에 애정과 관심을 기울여왔다. 현재 경기도 군포시 산본2동 수리산 자락에 머물며 짬짬히 시를 쓰고 있다.
parkht39@hanmail.net

나에게 시는
일상에 주어진 한계를 무한의 세계에 방목해 보는 것,
속박으로부터 자유로워지려는 생각과 현실에 날개를 달아 보는 것,
그리하여 세상의 간섭에, 세계의 경계에,
상상을 가로막는 계시적 율법에,
마음의 순수를 길들이는 관습에,
자연과의 혼융을 저해하는 문명에,
본능을 계도하는 육체의 훈육에 저항하며
우주와 시공의 초월적 신비에,
그와 같은 공포와 미궁에,
탐미적 매력과 발정하는 유혹에, 절망에
방황하는 고독한 혼에 닿으려는,
미지와 불가능의 영역을 벌거벗은 생각으로 탐닉하려는
꿈과 환상, 의지와 발버둥 같은 것,
그럼에도 시에게 묻기만 할 뿐, 답을 요구하지 않는다.
나는 플라톤이나 프로이드를 배제하거나 혼동하지 않는다.
또한 논리가 환상을 정리한다는 착각도 하지 않는다.
나는 꿈과 현실을 의도적으로 왜곡하지 않는다.
시에 경계를 두지 않고 오직 쓸 뿐, 결과를 묻지 않는다.

나에게 시는 그런 것이다.

차례

1부

기왓장을 깨고

발이 밟았나
발에 밟혔나
하얗게 터지던 기왓장.

고향에서
좁은 들길을 가다가
그놈의 개구리를 만나
가도 오도 못하던 마음으로
조심스레
깨어진 기왓장을 만진다.

그 반쪽을
가슴에 얹어놓고
제삿날 놋그릇 닦는다고
어린 누나와 소곤거리던
먼 세월을 챙겨 본다.
〈

깨어진 기왓장에
눈물이 어린다.

향수

아내야
지금 여기는
북해의 소금가루 날리는
라인강 벌판.

석탄 때 두껍게 낀 작업복에
병사처럼 헬멧을 쓰고
장갑을 끼고
까만 입술 하얀 웃음을 웃으면
세상의 서러움들 파랗게 피어난다.

아내야
오늘은
영교 민교 녀석 사진을 꺼내어 보고
고향 꿈을 꾸어야겠다.

아내야

오늘도 가녀린 허리띠 만지며
진흙 밟히는 골목을 서성일
그 연민의 정을,

퇴근길 한 봉지 밀감에
작은 손 벌려 얼굴 붉히던
그 행복을 꿈에나 보아야겠다.

아내야, 아빠 없는 아이들은
오늘은 누구랑 노나.
시골로 띄운 편지엔 회답이 왔더냐.

영원히 흰 종이

비가 내리고 있습니다.
광장엔 검은 표범 같은
어둠이 걸어오고 있습니다.

누가 나의 어깨를 꽉 잡습니다.

'너는 누구냐?'
내 가슴의 벽을 쾅쾅 때립니다.

사람과 바다와
탁구공 같이 하얗게 튀는 빗소리.

논두렁에 나선 나……
그 축축하던 나의 자취 도구랑
파란 지폐와 물살,
연단에 차오르는 고함,
휘파람 소리……

그런 것들이 아스팔트에서
웅성이고 있습니다.

바람이 휙 지나갑니다.
광장엔 하얀 종이가 날고 있습니다.

나는 무無입니다.

욕망

가슴을 찢고
독사처럼 빨간 혀로
그 무변의 테두리를
날름거리며 핥는다.

입술을 축이고
생명의 불꽃을 태우면
빨간 오선지 위로
찐득거리는
구라파의 밤이 불타오른다.

들개

들개야, 조금은 목 쉰 소리로
밤이면 북구北歐의 들판에 나가
때로는 가을이 구르는 대지 위로
자유와 또 그런 생명의 소리로
가을의 달밤을 혼자 짖어라.

아무도 내 영역에 설 수 없는 비애로,
점점이 뱉어놓은 토혈로,
먼 옛날에 잃어버린
거친 몸짓으로 덤벙덤벙 뛰다가

겨울이 굴러오는 대지 위
쓰라린 생명의 달밤을 혼자 걸어라.

겨울이 오는 길목

나목의 등허리에
겨울이 업혀 오고 있다.

거리에서 일어나는 사건들,
어두운 저녁의 뉴스들.

희미한 색깔의 석간신문이
문 앞에 떨어지듯
그런 비상계엄령의 방송처럼,
권력을 가진 친구의 돌연한 방문처럼
찾아오는 겨울―

빈 광장엔 어둠이 모여들고
숨을 죽인 장갑차와
습한 연기가 별빛처럼 차오르는
무거운 숨소리.

시그널이 없는 철길에

기어드는 밤.

부릅뜬 웃음처럼

우리 시대의 긴

겨울이 찾아오고 있다.

베를린에서

베를린은
자유라는 이름의 포장지를
우산처럼 둘러쓰고
컴컴한 숨소리로
가만가만히 늙어가는
작은 짐승들의 유원지.

지구는 우주에 갇히고
봉합된 국경선과 금지된 푯말,
쫓기는 새소리.
그곳에선 누구나 감옥의 수인囚人.
베를린은 정말 검붉은 죄인입디다.

아직도 전쟁의 사슬은 녹슬지 않았고
아물지 않은 상처엔
선혈 자국이 역력하더이다.
〈

초췌하게 나부끼는
패전의 조기弔旗 위로
음산한 바람이 지나가고
대지를 울리는 영령들의
윙윙거리는 행진곡이
복수를 꿈꾸고
해진 상처 속으로는
쇠파리가 날더이다.

아우성치는 나치의 핏자국이
유물처럼 새겨진 처형대와
동독의 날쌘 뉴스가
모가지 위로 햇살처럼 쏟아지고
낯선 사람에게도 시퍼런 눈알들이
감전되는 고함소리로 가슴을 깎아내더이다.

삶이란 죽음 위에서 꽃피는 인과因果.

찬란했던 시절의 꿈들을
지팡이로 짚고 가는
늙은 게르만의 허술한 산책길.

숲속에도 아파트에도 넋 놓은 남녀들이
일주일에 여남은 명씩
낙화처럼 숨을 끊는다고 합니다.

시

밤은 까맣다.
나도 까맣고
사자도 까맣고
고양이와 장미꽃도 까맣다.

하얀 것,
밤에 하얀 것은 시다.

하늘의 별이다.
사랑하는 마음이다.
고향을 찾아가는 영혼이다.

눈을 감고
까만 밤을 달리는
그것은 시다.
가난한 영혼의 좌선坐禪이다.
〈

신을 거역한

빛나는 깃발이다.

벙어리 수용소

나는 무엇일까?

나의 머리는
황금 주머니.

밤마다
채워지는
허욕의 창고.

꿈의 사다리를
타고 오르내리는
노예이다가

번뇌와 환상으로
꽃밭을 기는
뱀.
〈

맹세는 번쩍이고
욕망은 사슬에 걸려 허우적대고
때로는 쿵쿵
쇠북을 치며 우는
나의 가슴은
벙어리 수용소.

바람의 움직임처럼
태양의 선율처럼
바다의 물결처럼
소리 없는 아우성으로 채워진

나의 가슴은
벙어리 수용소.

여린 봄

바다를 건너가
받아 안은
네 긴 손가락
마디 스무 개.
눈 비비며 고사리 순으로
넌 열리고
설매雪梅의 그림 한 폭
창 위에 걸어
문을 열어 둔다.

시방
나의 새는
짙푸른 봄의
과즙을 머리에 이고 들어
나의 살 속으로
스미어 운다.
〈

사랑스러운 울음

가슴에 구르는 이 운율은

어느 어린 날

심장을 치던

동경憧憬의

뜀박질 같다.

눈 오는 밤

눈이 온다. 여름 한쪽을 잘라 격세의 칸막이로 가둔 꽃집, 한 포기 레몬의 어린 이마엔 고단한 땀방울이 맺혀 있다.

거리에서 밀리어 찢긴 마지막 잎새들 모질게 울리다 지친 바람이 기웃이 눈 감고 기대어 선 전봇대 위로 솔꽃 같은 눈이 내린다.

삶이 비좁아서 미끄러운 포도, 어지러운 발에 밟히며 너무도 쉬이 지는 애수는 추운 어깨 위 이 밤 나의 하늘에 휘날려 내려앉는 향수의 떡가루.

골목 어디에서건 쓰윽쓰윽 걸어 나올 친구들, 한 시대를 같이 살아나온 우리들의 두터운 밤의 등불 속에서 취하고…

매양 타인의 이름으로 서툴게 쫓아다닌 생활, 그 민망하던 가슴 가운데로 아름드리 날아드는 수백만 마리 내 영혼의 흰 새떼들.

오수午睡

거꾸로 서 있는 가로수는
그림자의 선율을 보고 있다.
햇살은 이러한 때 희극 배우가 된다.
내 잠 속엔 연꽃이 필 게다.
조타수를 잃은 검은 조각배
미끄러지듯
우리들의 청춘은 흘렀다.
밤마다 도적의 비수를 들었던
나의 성욕이
파스테르나크의 시베리아
그 아득한 들녘을 어설피 거닐다
부딪친 암벽,
욕망의 작은 뜨락에
미완성 악보가
나비처럼 흩날린다.

나목裸木

줄기만 남은 창 사이로 우수에 젖어 있는 나무들.

그들에게 저는 왠지 다정해지고 싶습니다.

봄이 물방울처럼 매달리는 가지의 초록색 눈.

거기 수액처럼 나도 당신에게 예쁜 눈물로 달릴까요.

사는 곳이 싫어질 땐 떠날 수도 있겠지만, 허나

가고 싶은 곳은 동경의 베일에 감추어 숨 쉬고 있군요.

나의 피는 지금 다갈색으로 흐르고

단애로 달리는 생각은 미구에 부서져 내릴 것이지만

이대로 멈출 수는 없어요.

길게 손을 주세요.

당신이 항시 끌고 다니는 저 나목 속으로 봄이 오고 있어요.

겨울 그림자

우리들의 온기가 함부로 찢어져 뒹구는 비린 포도에 시간은 오후를 넘어 저벅저벅 어둠 속으로 걸어간다.

우정을 잃은 낯선 남자들의 텅 빈 뒷모습 때문에 이 광장의 바람은 너무 차다.

필요하다면 우리는 언제나 타인이 될 수 있는 외곽의 전투와 비정도 앓아 왔기에

창문을 닫아 한데 서 있는 감정의 중얼거림은 창백한 한낮의 독백에 떨고 있고

습성이 괴팍한 신문은 온갖 사건들을 송두리째 실어 겨울의 어깨는 더욱 움츠려 버림받고 있다.

행여나 늦은 밤이면 깡마른 친구들과 마시는 소주, 그 곰탱이들 모가지에 덥수룩한 눈이 솔나무 꽃처럼 내려 쌓일 것이다.

거울

1
내 껍질을 타인들이 쳐다보고
의사는 병자라고
검사는 죄수라고
시인은 장사꾼이라고
순경은 날도둑이라고 말해서
그건 그런 것 같기도 한데
누구의 말이 맞는지는
늘 모호한 의문사항이었다.
그럼 한번 내 살을 만져 보시지요.
아내는 바람둥이라 하고
친구는 배신자라고 하고
아이는 바보 아빠라고 하고
스승은 혼 없는 낙오자라고 해서
어머니 태 안으로 잠시 귀환했더니
아아 불쌍한 내 새끼야 라는 대답이었다.

2

내 성별을 컴퓨터에 판독을 물었더니

한번은 양성이고

한번은 음성이고

종種은 남성이라고

행실은 여성이라고 말해서

그렇다면 그런 것 같기도 한데

쉬이 어떤 속단을 내리기에는

너무 억울함이 따라다녔다.

그럼 한번 내 생을 해체해 보시지요.

과거는 무적자라 하고

현재는 무용자라고 하고

미래는 무능자라고 하고

한쪽에서는 반동이라고 하고

다른 쪽에서는 괴뢰라고 하고

담 너머 타인들은 골빈족이라고 해서

아버지의 맥 안으로 잠시 귀환했더니

아아 갸륵한 씨받이야 라는 대답이었다.

3

내 운명을 점쟁이에게 물었더니

봉사는 눈 뜬 장님이라고

벙어리는 귀머거리라고

거지는 객사할 놈이라고

도사는 날 사기꾼이라고 말해서

그러는 너희들은 미친놈 같기도 한데

그것이 정녕 어떠하든 남 탓할 일이 아니라서

그럼 한번 내 삶을 매듭지어 보시지요.

내 떠난 후도 바람은 머물지를 않았고

강물은 바다로 흘러갔고

밤은 밤으로 잠들었고

고향의 선영은 빈자리가 남았기에

할아버지 유택 아래 잠시 누워 보았더니

아아 이 어리석은 내 종자야 하셨다.

청동거울

지난여름 경주에서 청동거울 하나를 샀다.

토함산 작은 길 오르막 무당 할미의 산신당에서 거울을 샀다.

내가 그것을 돌인 양하며 그냥 주워 오려 하는데 연기 같은 꼬부랑 할미가 나타나 이르기를

"애야! 길에 버려진 알돌 세 개만 주워 내 치마폭에 던져주고 가져가거라."

내 어릴 때 어머니도 그랬었다.

재 너머 외가에 가던 날 산허리 후미진 곳에 청홍의 천이 회나무에 걸려 있고 아기 무덤만 한 돌무더기가 하나 있었다.

어머니는 돌 세 개를 주워 차례로 던지시며 합장을 했다.

"노독과 횡액을 거두어 주소서."

어린 나는 까닭도 모르고 기분이 좋아졌고, 이후 나 혼자 넘어갈 때도 어머니처럼 했었다.

그래서 나는 이런 일에는 서툴지를 않았다.

알돌을 주워 던지고 청동거울을 집어 들었다.

"애야! 마음이 청정하지 않으면 이 거울은 너에게 하나의 돌멩이에 지나지 않을 것인즉 진실로 자신을 알고자 할 때

비쳐 보도록 해라."

　나는 그날 이후 아침마다 마른 수건으로 닦아 어렴풋이나
마 내 마음이 비치도록 기원하고 있다.

양철대문을 드나들며

나는 하루 두 번
대문을 여닫는 것으로 살아가고
조금씩 가슴을 비워 가는 소리,
녹슬어 그늘 속으로
늙어가며 무너져 앉는 소리,
삶이 타고 가는 현악기로 운다.
하루를 비쳐보는 속성의 거울 앞에
저녁에는 좀 더 찌그러져 서 있고
아침마다 다시 펼쳐
주름살을 세우고 깃을 비비며
삶의 복판으로 헤엄쳐
쓸 만한 몇 개의 낟알을 건져내는 동안
뼈대 없이 흘린 땀은 기화해 버리고
잃은 진실을 되찾겠다고 악악대며
껍데기 하나로 여기 와 섰을 때
두 조각 늙은 양철문은
전신으로 살을 떨며 나를 감싸 안는다.

꿈앓이

날마다 탐욕의 도수가 높아지며
몸 여기저기 물집이 생겼다.

의사가 말하기를
내 뱃속에 고픔이 풍족하여 아픔을 키우고 있다고.

그날 이후 나는
밤마다 정신병동에 끌려가서 힘찬 두들김을 받았고
몇 가닥 빛살이 날아드는 창살에 매달리곤 했다.
문득문득 땀 젖은 잠자리를 바로 세우고 혼을 빗질하곤 했다.

생生 바람이
나의 살갗을 후빌 때마다 날쌘 파도로 일어서는 뱃속의 위산이
내 전신의 힘줄을 현악기로 뜯었다.

참문識文의 서序

중학 다니는 막내 녀석이 용돈을 올려달라고 했다.

아빠 회갑 때는 달나라 구경을 시켜 드려야 하겠기에 지금
부터 저축을 해야겠다는 것이다.

그날 밤 나는 텔레타이프 한 통을 받았다.

수신: 협회 회원 제위

제목: 본회 년차 세미나

주제: 우주시대 서정적 이미지 고찰

일시: 2001년 4월 1일 하오 1시

장소: 한국 연방 보름달국 계수나무시 옥토끼 연회실

주최: 한국시인협회

후원: 대한민국 항공우주국

이제 며칠 후면 우리는 봉황새 33호를 타고 우주여행을 떠
날 것이다.

떠나기 전날 아내와 나는 시골 선영에 계시는 할머니의 유
택을 찾아갔다.

배알을 드리는 나에게 할머니는 계수나무 한 가지를 꼭 끊어다 달라고 하신다.

아내가 시집 와 선영을 찾아 첫 배알을 드린 날, 어느덧 해지고 저물어 청정하게 푸른 청솔 길을 걸어 둥근 달 전설을 일러주셨고, 그때 참언讖言해 주시던 꿈같은 이야기가 이루어졌음을 고해 바쳤다.

"애들아, 너네들이 살아가는 이 땅에는 바람이 불고, 봄이 오고, 또 겨울눈이 내릴 때에도, 꿈이라는 것, 사랑이라는 것은 늘 아름답게 살아 있을 것인즉 고향을 잊지 말고 꼭 돌아와야 하느니……"

새벽 단잠을 깨고 불시인 듯 일어나 거울을 쳐다보고, 잠자는 아이들 방문을 열어 보았다.

겨울 소록도

겨울 바다엔 가지 말아야지.
살아 있다는 것에
함부로 하지 말아야지.
세상 무엇이 아픔이 되는지
이제 무엇이 괴로움으로 남는지
깨달아 알아도
아는 체는 말아야지.
그해 겨울은 짧아 겨울이 가기 전에
바다도 가고 바람도 가고 이제 남은 것이 없어
찾아간다고 다시 찾아짐이 없다는 것을,
돌아본다고 다시 보임이 없다는 것을
땅과 물 사이 바닷새 홀로 나는 것을 보았기에
이제 겨울 바다엔 가지 말아야지.

어떤 영상

나이 들어서 맺히는 한,
그것이 청정한 기도가 되기도 한다.
비가 옛일을 적시고
어둔 창문을 흔들 때면
내 영혼의 골목에는 벗은 발목.
그 여린 발목 하나가
가슴 한가운데를 밟고 온다.
젖은 거울에 빼앗긴 체온과
불어터진 붉은 반점을 타고
그는 오고, 그는 열어서 맺히고
전혀 울지 않는 듯 온몸으로 흘러내리며
가위눌린 혼줄을 감아 오른다.

주말여행

여행은 혼자가 좋지.
생각은 하지 않는 게 좋지.
사십 넘어 일 센티쯤 줄은 키로
빈 어깨에 배낭 하나 메고
'우붓실'이라던가 그런 이름의 마을에
하룻밤 머물다 왔지.
그것도 바람처럼 무연한
어느 민가의 골방에
잘 말린 햇짚으로 군불 지피고
볏짚 타는 향기 맡으며,
어디로 가늘게 흘러가는지 모를
바람소리랑 실개천 소리 들으며
밤새 모태의 안식을 꿈꾸다 왔지.

혼풀기

때때로 미쳐 보았으면
죽어 보았으면 하는 생각이 들곤 한다.
한번 근사하게 타락해 보지 않으면
무언가 밑지고 사는 기분이 들기도 하고
검붉은 열화를 토하며 불타오르는
그런 열정도 없는 것은 나무토막 같기도 하고
어둡고 침침한 곳으로 떨어지는 것,
더러운 곳에서 먹이를 찾는 것 같아
때론 돈 벌고 출세하기보다 타락하기가 어렵다는 것을
깨닫고 보면 미치고 싶을 때가 있다.
자유로운 것,
날아다니는 새나 바람보다 더 순연하고 가벼운 삶!
그러나 죽음이 어떤 것일까 생각하다 보면
나의 혼은 한결 부드럽게 돌아앉는다.

가을에

가을이 되면
내 영혼의 눈은
열두 개 이상이나 매달리며
잃어버린 걸 잊으려 하지 않는다.

잃은 것을 잊지 못하는 사람은
빈 곳이 너무 많은 자기만의
세상에 홀로 서게 되는 것.

우리 집의 새는 둥우리 안에서 울고
바깥엔 나무 하나 떨고 섰다가
막 지나가는 바람의 팔을 잡는다.

이제 푸른 색깔마저 모두 가고
이상한 사건들이 절름거리며 다가와
황색으로 부유스름해지는 하늘.

제군들은 차려 자세로
이 시대를 응시하지만
나는 아직도 속수무책이다.

가령, 한순간만이라도 거꾸로 서 보자.
밑이 위가 된,
위가 밑이 된
신비로운 탄생이 시작되고

그리하여 나는 모든 심층을 털어버리고
비로소 혼자 웅크린 채
이럴 때면 밀려드는 환희로
자주 취할 수도 있겠지.

그대의 찬 손

1

이 강산 정령 앞에
한 그릇 붉은 심장을 넘치도록 부어 놓고
내가 눈물이 되어
비노니
우리 모두 사랑이게 하소서.

2

왜 돌아앉아 있느냐.
그대 어디가 그리
죽음보다 더 깊으냐.

사랑도 붙인 자가 떼야지
언제나 등만 보이는 그대에게
이제 내가 어떻게 하면 되겠느냐.

세상사 제 시절 넘으면 미움인들 남겠느냐.

3

가질 것만 가지라고 했소.
버릴 것은 버리라고 했소.

내가 만약 그대를 부를 때
거친 바람의 향배를 이기고
풀잎같이 여린 고개를 돌릴 수 있겠느냐.

이 땅에 돋아나서
어이없이 밟히며 살아가는 우리가
수시로 우리끼리 노여움이 되는 날
나는 찬 눈물 되리니
어이 그대는 차갑게 젖지 않으리.

아직도 북녘은 멀고
남북의 한은 하염없는데
그대의 찬 손도 시절이 하 수상하여
올 듯 말 듯 하여이.

껍질 벗기

1

물에 들어
물밑에 등을 누이고
사르륵사르륵 흐르는 모래알에 물비늘 닦기.

2

청천에 흐르는 구름 한 조각.
저리 부유하는 생각으로
물 위에 누워 평온에 젖나니
우리 인간 어이 이리 절박한가를 물어 본다.

3

핏줄 골골이
세상만사의 적요함이 깃들고
심장이 물에 풀리듯 맑아지며
햇빛 아래 촛불 밝히듯
있지만 없는 듯 온 세상 가득히 고인다.

2부

백지의 꿈

아마
바람이 불지 않았다면
꿈이라는 걸 몰랐을지 모른다.
꽃물에 빨간 얼룩이 들기 전에는
무엇이 아픔인가를 몰랐었고
어느 날 초록이 몰려와 건네준
분홍빛 입맞춤이 없었다면
꽃처럼 피다 지는 사랑을
끝내 몰랐을지 모른다.
처음 그대로의 하얀 일생,
그토록 순결한 고고함.
무슨 꿈을 꿨는지 잠깨기 전에는 모르듯이
백지는 그가 하얄 때
그만이 하얀 것을 몰랐고
초록이 놀고 간 뒤에서야 그토록
그립게 기다리던 것이
꽃 진 뒤 얼룩으로 남았음을 아네.

가을, 그 우울한 회화

새들이 낮게 날면서 울었다.

사각의 창으로 비치는 풍경이
어제보다 더 깨끗이 벗었기에
한동안 단잠 들어 고운 꿈 꾸질 못하겠다.
멀리 하늘에 떠 있는 조각구름은
푸른 바다 가운데 돌섬처럼 선명하고
뉘엿뉘엿 이부자리 걷어 가듯
석양이 넘어가는 저물녘의 산을
넋 놓고 바라본다는 것은
참으로 덧없는 일이다.

그래, 내 언제 간절히
그립고 애달피 살아 보았기에
이리도 울적한 그림 가슴 가운데 걸리는지.

바람 불자 빗방울 날고

깊이 고인 아픔 후드득

잎 진 가지 흔들기에

서 있던 창 닫고 고요히 앉는다.

선바위

바위 하나 섰기에 이 동네를 선바위라 했다.

모든 돌들이 누웠거나 앉아 있을 때 너는 서 있었다. 이 땅에 거친 역사가 있어 정의가 흙 속에 던져지고 절개가 모래바람에 날아가고 인덕이 먹구름에 가려 천지가 어두울 때, 둥글거나 모나거나 세상의 모든 것이 무릎을 꿇어 비굴을 구할 때, 오직 너는 살아서 서 있는 세상 그 한가운데를 지켜 천년을 넘었으리라!

이 돌의 역사에는 핏물이 뛰놀거늘 고함, 비명, 울음, 타오름, 그을림, 황홀한 냉온의 빗살무늬, 켜켜이 쌓인 세월 고단한 삶들이 기대고 간 자국. 불꽃같은 함성이 늘 구름꽃처럼 피었느니

그리하여 내가 네 곁에 주저앉아 하늘 깊음을 보는 동안

몇 점의 구름이 흘러갔고 잠시 만에 억만의 일월이 지나갔기에

문득 깨달아 한 인간의 짧은 생애가 흘린

눈물이 고여 옴을 본다.

그러나 너는 이 땅에 돌이 생길 때 처음
서서 생긴 그대로 유유히 허리 굽히질 않았고
저리 경건토록 먼 것을 세우는 기도는
창조 때 이미 우주에 달관함을 깨닫게 하노라.

처녀치마

시집은 언제 갈 꺼니?

세상에 이럴 수가, 하늘 보기가 부끄럽네.

천날만날 치맛자락 흔들어
봄마다 딸년들 바람나고

산동네 온통 소문나 천하잡놈들 다투어 상사병 드네.

비탈에 숨어 적요한 산사 옆
한 무리의 꽃 치마 활짝 열고 피었네.

진보라색 꽃술이 달콤해도
이 봄 다 가도록
바지 벗는 총각 언제 올꼬.

지난밤에도

잠들지 못한 왕벌 한 놈 윙윙대며
이 치마 저 치마 들추다 가고

아 봄바람 살랑일 때마다
욕 끓는 가랑이 열어 두고
누구 얼른 속옷 벗겨 같이 살자고 기다리네.

어느 개인 날

늘 그렇듯
낮 시간의 전철은 편타.
좌판을 펴고 앉은
봄날 평화시장 아줌마에게서
시금치 한 다발과 미나리 두 다발을 사서
속이 비치는 비닐봉지에 담아 들고
종로5가에서는 부끄럼 없이
전철을 타고 집으로 올 수 있다.
한강을 지날 때
양복 주머니에서 껌 한 알 꺼내
단물 빠지도록 질겅질겅 씹으며
나 혼자 속으로 니체의 잠언이나
노자의 상선약수上善若水라는 말을
떠올리곤 해도 이상하지 않다.
차창을 넘어온 화사한 봄볕에 기대어
산본역까지 졸며 침 흘리며 왔던 날.
마음 개인 날─.

찔레꽃 필 무렵

봄밤,
가슴이 아픈 소리를 내면서
몇 개의 뼈가 벌떡 일어나 앉는다.
몸속에서 튀어나온
비명소리를 잡기 위해
마음이 손을 휘저었다.
그리움이 벌 떼처럼
하얗게 핀 찔레꽃에 앉다가
아찔한 가시에 찔리어
아야야 하고
다시 꿈속으로 나른하게 눕다.

천동설

은하수는 물이 맑아서
별들만 살고
그쪽 동네에서도
외로움은
혼자 달동네에 살면서
시를 쓰다가
심심하면 산에 올라
오므렸다 폈다
별빛 웃는 연습을 한다.

간혹
지구에서
어린 영혼이 돌아올 땐
주룩주룩
하늘이 몸을 떨며 비가 내린다.

십 분 동안의 명상

하늘 속
제비 한 마리
날카로운 칼날이
하얀 원지原紙 가운데를 자르듯
지워지는 금 따라 사라지자

싸늘한 강철의 살 냄새와
흔들리는 돋보기의 다리가
모처럼 즐기는 여행
홀로 앉은 기차 속까지 따라와
간을 간질간질하게 한다.

생체실험,
꿈꿀 수 있는 최대한의 자유,
독한 말들의 상징성,
경험 못 한 낯섦의 충격……
이런 몽상이 왜 연상되는지 모르겠다.

〈

마음을 맑게 하기 위해서는
직선보다 꾸불꾸불한 돌계단이 좋다.

대충 읽은 주간지를 두고 간이역에 내린다.

휴일

추억으로 나비를 접는다.
나비는 날개로 꿈을 꾼다.

화려한 몸짓,
등 뒤에서 속삭이는 소리는
음악처럼 아름답고
한 마리가
여러 마리의 손을 잡고
꿈들이 살고 있는 그 집으로 가서 톡톡
착각의 자물쇠를 열자
놀란 마음이 달려 나와
세상을 전부 끌어안는다.

재미있다.

때때로 마음을 속이더라도
이런 날은 산다는 게 행복이다.

기쁘다

찔레꽃 봉오리에
빛이 내려와
밤에 온 봄비를 닦아 내자
꿀벌이
꿀 따는 도둑인 줄 알고
두 다리를
사방으로 비벼 찬다.
꽃잎들이
놀라서 공원 가득 향기롭다.

비워가기

하늘이 낮아지며 오는 비.
눈으로 변하리라 어림잡고
한계령
산문에나 다녀올까 한다.

산중에 숨은 겨울이
다 늙은 몸인 줄 먼저 알고
삭신을 토닥이며
비워진 서너 달 동안거에 들라 한다.

밤 봄비

이슬이듯
발 들고 내리다가
잠든 잠을 밟았다.
밟힌 잠이 깰까,
가만가만
깨어나 울까
눈치까지 살핀다.

싹트는지
가지 터지는 소리에
놀라서 달아나던 단꿈
식은 땀방울
송알송알 이마에 맺혀
지상의 젖은 것들
간지럼을 탄다.

다리 위에서

누가 이곳에 처음 다리를 놓았을까.
사랑은 서로 만나서 따뜻하길 원하고
이쪽의 땅과 건너의 땅이 서로 그리워
둘 사이를 흐르는 강물 위로 손잡은 다리.

모든 사이에 거리가 있듯
몸과 혼에도 틈이 있듯

틈을 메우고 거리를 당겨주는 것이 사랑이듯
이 다리를 건너 오간 연인들을 생각해 본다.
큰 비에
물 불은 강 다리 위에서
살아가는 세상의 흐름을 바라본다.
왼쪽 마을과 오른쪽 마을,
과거와 미래, 차안과 피안.

다리 위의 길, 그것은 그리움이 건너다니는
따뜻한 맹서의 혈류인지 모른다.

다시, 오 분 동안의 명상

역에서 아파트까지 걸어서 십 분 거리라 하는데 나는 한 번도 십 분에 닿지 못했다. 무슨 탓인지 생각해 보면 알 것도 같다. 내가 사는 도시의 하늘이 사각으로 보이는 것이 순전히 각진 도시의 구도 탓이라 할지라도 때때로 내 안의 평화에 따라서 달라지기도 한다.

오늘은 좋은 일이 있었고 만나고 싶은 친구도 만나서 사는 이야기랑 추억 섞인 반주로 점심을 먹었다. 전철을 내리자 다리에 힘이 실렸다. 걸음마다 바람이 도와주는지 깃털같이 가볍다. 하늘이 둥글게 보이면서 십 분 만에 집에 당도했다.

생각해 보면 세상의 높이도 넓이도 길이도 무게도 절반은 내 안에 있음을 알게 한다.

이름

우리 사는 세상에는 아름다운 이름이 있다.
외마디로 불러도 언제나 그리운 이름들.
밥, 국, 장
해, 달, 별
강, 산, 들
눈, 비, 볕
땅, 물, 길
꽃, 풀, 새
집, 방, 문
남, 여, 몸
눈, 코, 입
벗, 술, 정
그리고 한 사내가 한 세상 살다 가면서
가장 따뜻하게 불렀던 이름
엄마와 여보.

밥

밥을 먹는다.

밥을 먹으면서 밥이 그립다.

닫힌 뚜껑이 열리면서

놋쇠 소리로 운다.

반질반질한 놋그릇의 근육이

섭씨 뜨거운 온도로

할매의 치마폭을 열고

거무튀튀한 가랑이 사이로

하얀 이밥이 둥글게 나온다.

사랑보다 더 허기지고

아픔보다 더 서럽게

겨울 아랫목 솜이불 속 숨었다가

모락모락 수저에 올라앉는 할매의 흰밥.

꿀

꿀단지 열어
새끼손가락 찍어 꿀맛 본다.

달다.

내, 너를 꿈꾸는 몽상인 듯,
입술에서 훔쳐 내는 키스인 듯,
파르르 떨며 죽는
암벌의 독침인 듯,
일생을 묻어 둔 첫사랑
뼈 살 녹는 진액인 듯

아련히 달다.

겨울 금정역

눈발이 휘날리는 12월 어스름에
오이도에서 오는 전철 바퀴에 바다가 매달려
찰사락 찰사락 소리를 내며 운다.
얼어 새파란 레일 위로 눈보라 치는 날,
어둑해지는 멀리로 세모의 잔영이 흐릿하고
1호선과 4호선이 교차되며 내리고 오르는 바쁜 풍경들이
키 큰 교각 사이로 어지럽다.

역이란 이름에는 추억이 남는 것.
미니스커트 입은 소녀를 힐끔거리며
9번 출구에 차표를 넣고
오늘은 마을버스를 타지 않고
금정역 먹자골목을 두리번거리며
술 냄새 풀풀 나는 뒷길을 걷겠네.

옆집에서

키 작은 햇빛이
기웃거리는 반지하방에
영희가 컴퓨터 앞에 앉아
자막을 칠 때마다
톡, 톡, 톡 새싹이 돋는다.

밤중에 비 내린 후

골목 화단에 난촉 숫기에
호미질이나 해 줄까 하고
어슬렁거릴 즈음

신새벽 새파란 것에서 봄이 오듯
토독톡톡 토독톡톡
자판 치는 소리 곱다.

돌계단에 앉은 겨울

눈도 비도 오지 않았다.
마음이 북어처럼 말라 가도록
단꿈 한 번 꾸지 못한다.

집 앞 재개발 아파트는 공사 중이고
가끔씩 먼지가 치솟아 회색 구름처럼
겨울바람에 춤을 추는 날,

나는 헌 구두를 꺼내 신고 구두끈을 조이다가
시방 내가 뭘 하러, 어딜 가려는지
문득, 엎드려 생각한다.

이런 날 이 꼴로 대로에 나서서
세상인심에 대고 온기를 구하려다가
이 산자락 꾸불꾸불한 돌계단에 앉는 겨울.

산 것들도 산 것 같지 않은, 이대로 설마

겨울 다 가도록 가물지는 않겠지만

갈비뼈 사이사이가 바람에 어는지 몹시 춥다.

태몽 꾸기

이 봄 나, 이상하다.

아침에 먹은 돌나물이, 살 속에
뿌리 내려 다시 돋아나는지
파릇파릇, 뱃속이 이상하다.

아직은 3월이라서
이마가 하얀 먼 산 보며
창가에 앉아 고양이처럼 졸다가
깜박깜박 토막 꿈을 꿀 때, 저기

첫 친정 온 누나가 우물가에 앉아
카악카악 토악질을 하다가
식초 버무린 돌나물을 허겁지겁 먹고도
왼종일 노랗게 불던 바람, 그때처럼—.

내 뱃속이 이상하다. 출렁인다.

며느리 들인 지 두어 달 지났는데, 벌써
마음 조급해지며 자꾸 신 것이 먹고 싶다.

그대의 절개

한밤에 폭설이 내리자
대(竹) 부러지는 소리 들린다.

곧은 어깨 위에
세상의 오염이 함께 내리는지
탁탁 꺾어지는 비명이
날카롭고 차다.

그대의 삶에는 아직도
지켜 내야 할 푸른 절개가
마디마디 필요하건만.

혼자서는 외로워 밭으로 얽혀
바람 불 때마다 합창으로 우우우
오욕의 세파에 맞서 왔건만

이따금 저 역 앞 주점에 들어

발버둥 치며 부러지는 그대이듯—.

절개 부러지는 소리 듣는다.

도시와 노인 6

그대를 만나러 가야 합니다.

목멘 소리가 시청 뒤를 돌아
현충비 앞까지 봄빛을 불러서
새파란 물감으로 오게 해야 합니다.

소년은 늙지 않습니다.
꺼풀이 쭈글쭈글할 뿐입니다.

오늘은 현충일 오후 6시입니다.

그림자가 깊고 무겁습니다.
휘파람을 불면서 어정거리자
육군 병장이 여러 명 지나갑니다.

노인의 옷소매가 닳아 너덜거립니다.

장대와 망태기

아버지는 새벽마다 들에 나가셨다. 만주에서부터 쓰고 다
녔던 까만 수달피 벙거지를 눌러 쓴 엄동, 굽은 어깨에 망태
기 둘러메고 컴컴한 동구를 걸어, 마실 나간 강아지 돌아오
지 않는데도 휘적휘적 나가셨다.

손에는 길쭉한 대나무 막대기 들고 어흥어흥 헛기침하며
대사립을 소리 나게 열고 나가셨다.

텁수룩한 수염 사이로 허연 입김이 황소 콧구멍처럼 풀풀
풀, 언 바짓가랑이 서걱대며 꼭 갑옷 입은 병사가 전쟁 나가
듯했다.

이윽고 햇빛이 사선으로 내려와 꽁꽁 언 겨울 들판을 수풀
처럼 채울 때 아버지의 묵직한 망태 속에는 얼어 꼬들꼬들한
개똥들이 전리품이듯 가득 찼고 긴 장대 끝이 번쩍번쩍 삼지
창처럼 빛났다.

그 시절엔 개똥도 비료였었다.

도시와 노인 3

노인은 가끔 치과에 간다.
동네 치과라 소일 삼아 간다.

오늘은 시장 통에 있는 산본치과에서 친구 아들인 원장에
게 입을 벌리고 사랑니를 뽑았다.
허청허청 계단을 내려오면서, 뽑힌 이빨도 몸붙이인 듯 섭
섭했다. '절대 음주 금지'라고 쥐어박듯 다짐했는데
시장 통을 한 바퀴 돌다가 막걸리를 마셨다.

'사랑도 못 하는 주제에 무슨 사랑니…….'

외로움이 떨어져 툭툭 발길에 채는 가로등 불빛 밟으며
노인은 아파트 후문으로 해서 집으로 간다.

도시와 노인 2

노인이 볼일 없이
골목 시장을 들락거리는 것은
외로워서가 아니라 그리워서이다.

도시의 어느 한 켠에는
희끄무레한 재래시장을 두고
오래고 낡은 풍습들을 안고 있어

살아보면 알겠지만, 이따금
삶에 맛이 떨어져 출출한 날
어슬렁어슬렁 돌아보며 찾게 된다.

수수지짐이 부처지는 목판에 앉아
콧물 홀쩍이며 막걸리 따라 주는
육십 다 된 아지매 고왔던 그날도

혹시나 하고 생선가게 지나쳐

돼지 대가리 웃고 있는 목포집 앞

잠시 서성이다가, 어둠 속에 돌아앉은 도시

시커먼 아파트 후문으로 들어간다.

도시와 노인 1

한 노인이 아파트에 들어서자
승강기가 일 층에서 기다리고 있다가
몸 받아 같이 올라간다.
관절이 층마다 찌익찌익 소리를 내는 건
둘 다 리모델링이라도 해야 할 나이지만
16층까지는 쉬지 않고 올라간다.
1601호 현관문에 열쇠를 꽂으려 하는데
불현듯 첫날밤처럼 더듬거리다가
버튼형 자물쇠로 바꿀까를 생각한다.
도시가 숫자들의 조합을 만들어
밤낮없이 그물코처럼 조여 오기에
이젠 더 견뎌내기 버겁다는 생각을 한다.

가을밤 3

영문법은 어려웠다. 영시는 더 어려웠다.
밤 내내 호롱불 켜고 씨름을 했다.
노스탤지어, 센티멘틸, 팡세 같은 낱말 하나에
사색을 새겼다. 사춘기, 그때는 삶이 숙제였다.

생존이라는 미지의 터널에서
머리에 호롱불 켜고 책을 읽으며
전기불보다 먼저 들어온 서양문학에 빠진
시골 청소년.
뒤뜰 텃밭에 우우우 가을이 울고 가고, 하얀 겨울
눈이 시루떡처럼 쌓이는 밤마다
눈이 벌게지도록 에즈라 파운드를 읽었다.

상상이 궁금증을 올라타고 꿈이 되고 있었다.
헤르만 헤세의 『유리알 유희』를 읽고 그 겨울 내내
머릿속에서 뽀드득 뽀드득 소리가 났다.
〈

그로부터 사십 년 흐른

오늘 가을밤에도 한 줄 워즈워드를 읽다가

문득 창문을 열고 세상을 본다.

늦가을 초저녁에

창문을 열어두고 가을 산에 갔다가
석양이 붉게 진 후에 집에 왔더니
단풍잎 하나 마루에 앉아 있다.

기특한 일이로다.
깃 달린 몸이 아니고서도
16층 높은 창으로 훨훨 날아들 수 있다니.

절박한 도심의 모퉁이를 빠져나와
저녁 일찍 돌아온 나의 한숨처럼
안온하게 접혀 꿈꾸듯 조는 단풍잎.

배낭을 내리고 모자를 털면서
저걸 쓸어버릴까, 그냥 둘까,
밤 이슥토록 가슴이 두근거린다.

서시

4시에서 5시로 가던 분침이 잠시 쉰다.

일어나라. 일어나서

졸졸졸 유리잔에

비 내리듯 시린 새벽, 어쩌다가

마음이 여기까지 왔을까?

고개를 들자마자

보이지 않는 춘란 향이 잰걸음으로

째각 째각 째각

애초에 이럴 줄 알았으나

연자색으로 가득 핀다.

몇 개의 꽃잎은

어제의 내 실수를 이해하듯

정직하게 웃고 있다.

5시 15분에 자명종을 동쪽으로 돌려놓았으나

마음이 새 집을 짓느라

분주히 심장을 드나든다.

세월의 허울

오늘부터

어제부터

그제부터 살구꽃 핀다.

일 년 전부터

십 년 전부터

더 먼 십오 년 전부터.

나뭇가지는 자꾸 굵어졌고

나는 아침마다 산책을 하며

개살구나무라는 작은 목木 명패를

옆 눈으로 쳐다보며

얼마나 더 살아야 저리 하얀 몸으로

분홍 꽃 피울 수 있을까 물어 본다.

사랑법

그대는
내 등이 참 편하다고 하나
나는 내 등에 업혀 보지 않아서 모른다.

그대는
내 마음이 참 곱다고 하나
나는 내 마음을 겪어 보지 않아서 모른다.

그대는
내 몸이 참 따뜻하다고 하나
나는 내 몸을 안아 보지 않아서 모른다.

이상한 건 내 것인 몸이나
마음이나 꿈꿈을
나는 알지 못하고 모두 그대가 안다는 것.

나 또한 그대에 대해 가타부타 아니하고

곱다 곱다 하겠느니

사랑법이 그러하거늘 그리그리 살아가자고.

무설설無說說 불문문不聞聞

고찰의 범종이 종신을 맞고 운다.

종 질 속의 깊고 검은 살
탱탱한 종 불알이 왔다 갔다 할 때마다
징한 소리가 계곡을 빠져나와
가파르게 산등성이를 올라간다.
노송 아래 노승이
눈 지그시 감고 가부좌로 앉아
뎅~ 할 때마다 떨리는 몸
무설설 한다.

뎅~ 소리가 멈추어도
남은 여운이 돌아앉는 화두,
산은 산으로 불문문 한다.

그리하여 천년 고찰이
상락아정常樂我淨한다.

그해 여름, 그 바닷가에서

바다가
크리스털에 담긴 청포도주처럼 고요할 때
달빛이 해수면에서 얼룩무늬로 찍히고 있다.

때 맞춰
산란기를 맞은 심해의 어류들이 신방을 찾아
물가를 배회할 때,
간혹 만삭의 몸을 흔들어 풀 때

그들만의 비밀을 훔치려 모래톱에 눕는다.
누워, 푸른 별들이 우수수 떨어져 내릴 때,
귀로 은하를 보고 눈으로 파도소리를 들으며
흡묵지처럼 젖어들 때

그해의 추억이 군청색 두레박을 들고
우물로 간다. 가서, 떨어진 별똥별을
소리 나게 퍼 올려

시퍼런 바다가 등줄기에 쏟아져
쇄골이 출렁거릴 때,

한밤의 몽정들이 치솟아
청춘의 한때를 문신으로 새길 때
비로소 나는 바다일 수 있었다.
삶이 아름답다고 한사코 소리쳤다.

3부

새장 헐기

맘속에 키우던 새들을 방천放天해야겠는데
달빛이 창에 걸려 펄럭이고 있다.
흐르는 강에 가서 씻고 왔는지
실비처럼 젖어서 날아가려 한다.

그러는 사이
화분의 난초는 잠이 들었고
나는 입춘이 언제인지 몰라서 달력 앞으로 가는데
새들의 기운이 상할까
순한 짐승처럼 가만히 걸으며
머지않아 새벽이 올 것 같아서
서둘러 방천의 꿈을 깬다.

종이비행기를 타고 휘익 한 바퀴 지구를 돌아보고
혹 남는 시간에 보름달에 가서
비스듬한 이빨이나 하얗게 닦고 올까 한다.

봄, 그 화창한 날

머리에 꽃 꽂힌 여자가 있었지.
꽃이 자기인지
자기가 꽃인지 분간하지 못했어.
폴락폴락 꽃처럼 웃었지.
사람들은 미친년이라 수군댔지만
하늘 아래 들꽃이듯
그냥 피다가 졌지.

존재의 가벼움

거리에 바람 혼자서
쓰레기와 놀고 있다.

세상이 스스로 숙이며
고요해지는데

날아가던 껌 껍질 하나가
배와 등을 뒤집었다 폈다 한다.

저들이 무슨 놀이를 하는지
세상이 얼마나 가벼운지

쪼그리고 앉아서
한참 본다.

간병 일기

1
눈이 내린다. 세상이
소복해지는 이 시간,
두 손을 허리춤에 얹고 먼동을 깨우는
한 쌍의 박새를 본다.
평화는 그렇게 하얗고
정적을 깨고 지나가는 자동차 바퀴는
참 역동적이다.
그들이 그들만큼의 몫으로 존재하는
지상의 눈밭을 걸어 보고 싶을 때
자명종이 운다.
아내가 약물을 마실 시간은 6시.
겨울 강이 바다에 당도할 때까지
더는 얼지 못하게
눈이 내리고
이 아침에도 아내는
생명의 뚜껑을 열고
삶을 이어갈 링거를 맞고 있다.

2

지난밤엔 세상이

다 무사해도 나는 잠들지 못했다.

생명의 껍데기가 서성이는 동안

시계 혼자서 똑딱거리며 시간을 되돌려

신혼의 초야를 환상케 한다.

창은 까맣고 하얀 바깥이 얼레처럼 걸어 다니는데

살아 있는 자들의 숨소리가 참 가늘다.

그렇다. 지나간 것은

지나간 만큼 아쉽고 그리워지는 밤,

눈이 내리고

몇 년 몇 월 며칠 몇 시와 상관없이

고개를 숙여

그만큼 마른 마음을 게워 내고 있다.

지워도 다시 살아나는 천 갈래 만 갈래가

아내의 구근까지 가겠지만

눈이 뜸하자

하늘의 별들이 눈밭으로 쏟아지고 있다.

3
날개가 있으면 좋겠다.
잠깬 아내의 맑은 눈동자를 싣고
하늘로 하늘로 올라
새하얀 지상을
빼꼼하게 보여 주고 싶다.

종이비행기

종이비행기를 타고 청동시대로 가자.
가서 천둥벌거숭이들 불러 모아
강이 흐르는 둑을 바람이듯 달리자.
비행기를 타면 시베리아도 가고
남아프리카 케이프타운 희망봉도 보지만
우리들의 타임머신은 종이비행기.
지우개로 지워진 공책 한 쪽.
그립고 아쉬운 세월의 푸른 날개로
포르르 포르르 포물선으로 날아가
그 시절 풍광들을 수학여행 하자.

휴식

목선 하나 나직이
노을의 꼬리를 잡고
시골 포구로 기항하고 있네.

이제 곧 어두워지면
까만 닻을 갯가에 내리고
항해의 피곤을 밀물에 풀겠네.

다시는 출항이 없을 것처럼
작은 몸을 더 작게 오므려
벗어 놓은 신발처럼 쉬고 있네.

이윽고 포구의 밥집에
불이 켜지네.

돌아오는 꿈

잠자리에 들면서 의자 생각을 했더니
밤새 고목 한 토막 뚝딱 망치질한다.
뒤척일 때마다 구멍 뚫리는 등걸 속으로
쇠톱이 들어오고 톱니에 쓸려 나오는 나이테가
고두밥처럼 머리맡에 쌓인다.
그로부터 미로를 걸어가던 어머니의 발자국에
민들레가 핀다.
눈을 떠 보니 하얀 꽃씨가 방 안을 배회하고 있다.
잠시 만에 관절 풀린 나무들이 하얗게 껍질을 벗으며
네 개였던 의자 다리가 어림 대여섯 개.
신의 눈이 안경을 벗고 설핏 내려다본다.

바람과 함께 춤을

소쿠리로 물을 받는다.
물은 없고 물기만 남는다.
속없이 사는
이런 짓, 누구의 사랑법이기에
꿈꾸듯 아름다운가.
하늘 아래 무연히 살아가면서
잡스러운 생각 왜 할까.

위선과 진실을 한 몸에 가두고
그 둘을 다스리는 게 인생이라 하는데
그대 그만큼의 외줄 타기란
얼마나 아름다운가.

바람이 분다. 비가 오고 또 오고
젖은 것들은 다 부드러워진다.
그리고 사라진다.

동행

1

두 돌배기
손녀의 손을 잡고 집으로 가는데
나는 한 발짝씩 떼고
손녀는 두 발짝씩 뗐다.
집에는 꼭 같이 왔다.

2

물은 아래로 흐르는데 물결은 돌아가려 한다.
폭포는 떨어지는데 물방울들은 튀어 오른다.
편서풍이 불면 갈대가 울고 숲길은 동쪽으로 휜다.
내가 죄 없는 그들을 미워하고 사랑해도
수리산은 높은 데나 낮은 데나 모두 수리산이다.

3

나는 내가 나를 속일 때가 재미있다.
너도 나처럼 살려거든 왼손이 되어라.

걸을 땐 두 발이 함께하는데

글을 쓰고 고기도 잡고 걸레도 빠는 오른손은

왼손 모르게 하라 한다.

문 닫힌 밥집 앞에서

뒷문도 닫혀 있었으나
비는 내리고
문고리에 묻은 얼룩이 씻기고 있다.
지금은 따질 때가 아니지만
그때는 그랬다.
보릿고개 때는
아침엔 보리죽 먹고
점심은 지나갔다.
혹시라도 그렇지 않는 날은
저녁밥을 굶었다.

그때의 한 끼는 명줄이었다고 치자.
추억조차 아린다고 치자.
아픈 것은 이것만이 아니다.
이제 잊을 때쯤 지루하게 비가 내리고
뱃속이 꼬르륵꼬르륵 한다.
부끄러운 것은 이것만이 아니다.

성욕과 식욕은 감춰야 한다고 할지라도
내 절반의 모습은 너무 허기지다.

위선처럼 쉬운 건 없다.
그래야만 아프지가 않다.
사람마다 다른 게 삶이다.
뒷문에서 다시 앞문으로 가 본다.
밥집 문은 열리 않았고
비만 내린다.

한여름 날의 오수

책장이 한 장씩 일어났다 누웠다 한다.
권태를 안은 선풍기가 바람을 피우는 내내
첫 페이지도 보기가 싫어 곁눈질만 한다.

저 뚱뚱하고 미련한 책이
무슨 말을 얼마나 길게 하려고
저리 버티어 미동도 않는지
사각형 공간에 연두부처럼 고이는 침묵.

이따금 바다처럼 와서
파도처럼 쏟아지는 매미들의 합창이
목숨조차 쉬어 감을 확인시켜 주고 있다.

더위보다 좀 더 외로운 복날
뉘 집에서 생닭을 삶는지
잘 익은 냄새가 들어와 갈비뼈를 쑤신다.
〈

가볍게 고개를 기대어

졸고 있는 글자들,

그 까만 깨알들을 목침 삼아 선잠 든

깃털 같은 오후―

우주여행 꿈꾸다

발가벗은 은하수 해변을 느리게 걷다가
별난 아이스크림을 먹는다. 혓바닥으로 또는
작은 입술로 북극성의 왼쪽을 핥는다.
맥고모자를 쓴 제3행성의 눈썹 아래
견명성 씨족 6반 3교시에 붉은 말고기 만두를
배달하고 철문을 닫는다. 포식한 별똥별 막내의
배가 석류처럼 터진다.
그때 빛났어! 해안선의 눈빛.
별의별 별 떼들이 출렁이는 오작교 건너 드디어
삼각주에 도달하자 계수나무 아래
보름달이 품은 15개의 알들이 천 년째 부화되고 있다.
그래서 밤은 새벽까지만 잔다. 꿈도 그렇다.
내가 쓴 시는 태양계만 지배한다. 단지
세기말에 사라진 모스부호는 여태도
우주 속을 떠돌며 잔재주를 부리고 있다.
은하계를 돌아 수억 개의 은하계를
구름에 달 가듯 돌아보면서 가슴 깊이

느낀다! 참 크다.

잠시 북두칠성이네 뒷간에 들러 턱을 고이는

지구의 새벽.

생의 불시착을 무사 성공시킨다.

겨울을 사는 숲

저들 참 성글다.
몸짓마다 여백이다.
맨몸을 휘둘러 회초리가 된다.
단출하고 간결한 것들이
직관을 연출하고 있을 때
그래, 겨울의 기다림은 참 길다.
아침보다 저녁에 더 뻣뻣해지는
숲 속의 긴장감.
생존 자체가 차려 자세다.
어깨 너비만큼 허락된 하늘.
나무들의 몸은 사방이 창이다.

그럴지도 아닐지도

보이저 1호가 36년을 날아서 태양계를 벗어났다는 날,
옆집에서 아이가 태어났다.
60억 중 하나가 된다.
내 셈이 맞는지 어쩐지 몰라서
그날 밤 하늘을 쳐다봤더니
별이 가득하다.
사람 하나에 별 하나.
별이 죽어 사람이 된다고 하는데
세상의 어느 사람,
어느 바람이 인연 없이 서로 만나랴.
유리꽃 같은 우리의 생명은 반드시 깨어지는 것.
굳이 우주선을 띄우거나 타지 않아도
언젠가 그곳에 가서 별이 되리라.
아닐지도 모른다.

인간의 숲

우리들 숲에
일 퍼센트가 제왕처럼 갑질하며
수상하게 사는데
정직한 시절이 오면,
그런 시절이 올라나 몰라도
맨 먼저 아이들을 풀어라.
순연한 때가 되면
햇빛과 빗물로도 숲은 자라고

흙과 바람으로 구차함을 면하는
그렇게 정직한 시절이 오면
논술도 부기도 말고 마술피리 불어
세상의 숲이 놀이터이게 하라.
행복한 시절이 올라나 몰라도
교육과 종교, 이놈의 나라도 몰라라
즐겁게 놀고 삶이 재밌게 하라.
'만세야, 만세!' 네 이름이 뭐니?

어떻게 살려고 우리나라 만세니?

무슨 일이냐고 세상에 묻지 말라 하라.
우리들의 숲에 정직한 시절이 올는지
맨 먼저 아이들을 풀어 물어 보게 하라.

시가 이래도 되나요

한 줄의 시가
세상을 아름답게
세상을 맛있게
세상을 절절하게
인간의 영혼을 불러 낼 수 있나요?

한 줄의 시가
생과 사의 경계를
영과 육의 소통을
선과 악의 분할을
미와 추의 융합을
시공의 발효를, 우주의 관통을
노래할 수 있나요?

세계의 신비를, 우주의 경이를
노리개 삼아
말하지 못하는 세상 전부를
시로 쓰도 되나요?

촛불

불씨
한 촉 생명이 된다.

생의 여정에 몸을 흔들어
양각의 무늬로 촛농이 떨어진다.

불이 꽃으로,
꽃이 빛으로
자기 몫의 세계를 밝히고 있다.

오솔길

볼레로를 들으며 희망의 시대로 가는 것
청춘 같은 것
애국가를 부르는 목소리 같은 것
몰래 하는 연애질 같은 것
세상 뒤란에 떠도는 비밀 같은 것
혼례식장에서 짓는 새신부의 미소 같은 것
동강을 거슬러 오르는 모래무지 같은 것
처음 해 본 섹스 같은 것
가슴을 치받는 그런 감격 같은 것
국 끓는 소리 같은 것
손잡고 같이 듣는 빗소리 같은 것
육신이 살랑살랑 나비 되는 것—.

고목에 꽃피우기

봄이 와서
백년 묵은 왕벚꽃 흐드러진다.
꽃그늘에 드러누우니 하늘이 전부 꽃이다.
산까치 한 쌍 둥지를 트느라 분주할 즈음
방정맞게 핸드폰 운다.
잽싸게 정지를 시켰는데
문자가 띠리리 왔다.
'동창생 몇이 주말 어린이대공원
꽃구경 가고자 하니 준비하라.'
곧 죽어도 어린이공원에서 놀자는 할배들.
'알았다.'고 답한다.

영혼의 포박을 풀고 나오는 헛웃음 소리.
놀란 꽃들이
4월에 쏟아지는 눈꽃 같다.

일상엔 내성이 생긴다

밥 짓고 설거지를 하고 장을 본다.
병중인 아내 대신 살림을 한다.
오늘은 비 오고
시금치 풋마늘 꼬막과 고등어
계란까지 싸들고 시장 통을 나온다.
힐금힐금 쳐다보는 사람들 틈에 참
신기하게도 부끄럽지 않다.
봄비는 부슬부슬,
두 손이 모자라
떨이로 산 밀감 봉지를 허리에 찬다.
신호를 기다리는 사이 사람들이 모이고
모인 사람들이 쳐다본다.
늙은 머리칼과 까만 비닐봉지가 쭈글쭈글 젖는데
속으로 조금은 죄인 같은 생각도 든다.
이상하거나 불쌍하거나
나는 대한민국 육군 병장 출신이다.
가슴을 내밀고 빳빳이 고개를 들고

보무도 당당히 걷는다.

매달린 봉지들이 쇠불알이듯 덜렁거린다.

옛날에 옛날에

찔레꽃에 누워 낮잠 든다.

벌새를 타고 초량역으로 간다.

역 앞 텍사스라 불리는 길쯤한 골목에

양공주라 불리던 소녀들이 살았고

텍사스 출신의 스미스 일병은

매부리코로 나와는 친구였다.

함평 장터 국밥집 점순이는

우리 둘의 단골이었다.

주말에는 스미스와 자고

평일에는 내가

화대 대신 시를 읽어 주었다.

스미스가 마시다 둔 빨간 양주를

곰팡내 나는 총각김치로 나눠 마시며

싸우기는 했어도 신세타령은 없었다.

가끔은 점순이가 얼마나 늙었는지 궁금해진다.

그 봄은 행복했네

돌에 앉아 돌이 되고
나무 곁에서 나무 되던
그 봄의 무위無爲가 아련하네.
궁핍의 시대,
막 피어오르는 버들잎들,
뾰족이 돋은 올챙이 다리,
살가운 것들 지천이었네.
보리 익는 들녘
황금빛이 가득했네.

그날 같은 날,
한 접시 나물 안주로
텁텁한 막걸리를 마시네.
콩죽 한 그릇
동생들과 나눠 먹으며
들일 나간 엄마를 기다리던
허기진 화평이 피어나던 봄,
늙어 침침한 눈 안에 선하네.

세상의 문

앉아 있거나 떠나는 게
얼마나 다르랴마는
턱을 고이고
그리그의 '솔베이지의 노래'를 들으면서
일광욕 당하고 있는 샤갈의 붓끝을 본다.
어느 언덕 위에서 피고 있을
자주색 들국화를 생각해 낸다.
세상의 문을 내 맘대로 여닫을 수 있다면
꿈속에 살던 청춘의 한가운데
옥토페스티벌에 가서
맥주 나르던 알바를 그리워해 본다.
생각만 해도 행복하다.

오늘은 가을볕 노랗게 가볍고
가뭇없이 떠나기 좋은 날.
지상 어느 곳
어느 낯선 거리에

짐을 풀 수 있을지
비탈리의 '샤콘느'처럼
적막하게 살아 있는 날의 오후,
운명처럼 세상의 문을 나선다.

마음의 집

마음으로 집을 짓는다.
마음의 집은 마음 혼자 짓는다.
목수도 조력자도 없이 마음대로 짓는다.
밤새 짓고 헐고, 헐고 지어도
마음 외의 재료는 들지 않는다.
착공도 준공도
크게도 작게도 제 맘이고
우주를 정원으로 삼거나
세계를 몽땅 집어넣어도
비좁거나 넘치지 않으며
젖고 마르는 데도
계절에 눈치 없이 마음대로다.
하룻밤 새 수천 채를 짓고 허물어도
대역도 용역도 두지 않는다.
다만, 마음이 짓는 가장 아름다운 집은
무심함이고
끝내
마음만이 내 집임을 알게 한다.

꿈꾸는 그리움

가지 끝에 봄이 앉아
꽃이 핀다.
단테, 병태,
괴테 곁에 현태가
꿈을 꾼다.
프로방스, 샤또 네프 띄 파프
전원 속
몬드라곤 성곽에서
아르데슈 협곡을 건너다보며
샤또 몽블랑을 마시는
행복을 꿈꾼다.

힐링데이

바람이 먼저 먼지를 털어 내고
구름이 따라가면서 걸레질을 하고
뒤이어 소나기가 물청소를 하더니
얼음물에 건져 낸 국수사리같이
매끈하고 보드라운 세상의 맨살에
엷은 햇살 방실방실 웃는다.
아름다운 7월 세상의 한때─.

바람길

초막골은 바람의 길이란다.

소녀 같은 봄바람

처녀 같은 여름바람

아지매 같은 가을바람

할매 같은 겨울바람

산새같이 날아서 사슴처럼 뛰어서

청설모처럼 슬금슬금

나들목 바람들이 바람피우는

바람의 길이란다.

바람 부는 날

바람 부는 날은 날개가 되어
누구의 몸이라도 매달고
창공으로 솟아야지.
산맥을 넘고 바다를 건너
범접할 수 없는 신의 세계로
거침없이 영혼을 방목해야지.
내 몸이 귀찮아하면
나무나 바위라도 달고
세상의 번뇌라도 달아매고
지구라도 둘러메고
한 마리 시뻘건 봉황으로
영원 속을 날아다니는
바람 날개 되어야지.

가을앓이

며칠
개울 소리 맑더니
밤이 길어지면서
가을이 산더미처럼 쌓인다.
사는 게 흐르는 물이듯 구르는 바람이듯
마음이 허공에 머문다.
되돌아갈 수 없는
존재의 근원적 결핍,
불가해한 심중의 요철.
비가 오고
세월 굴러가는 소리 들으며
낮은 곳으로 향하는 체온.
낯선 여행지에 홀연히 던져지듯
외롭고 아프다.

달과 설렁탕

풍덩
설렁탕 그릇 속에 빠진
둥근 달
두 손으로 받들어
후루룩 마신다.

국물 속에 우러난
달빛이
환하게 뱃속을 밝힌다.

기름지게
데워지는 갈비 사이로
달은 천천히 빈 그릇이 된다.

염천에 염전을 보다

반짝이는 소금을 봅니다.

백색 햇살에 유리알같이 빛나는 왕소금을 밀대로 밀고 다니는 늙은 염부의 주름진 얼굴에서 뚝뚝 소리 나게 굵은 땀방울 떨어집니다.

고결한 아름다움이 저런 것인가요? 판유리 같은 소금물이 쩍쩍 갈라지면서 염도가 높아 갑니다.

햇살은 칼날같이 번쩍이며 날아가는 수분을 베어 내고 한사코 정제되는 결정$_{結晶}$들은 하얗게 응결되고 있습니다.

이따금 바람이 불어오더니 뙤약볕에 부딪쳐 신기루를 만들며 세상의 한복판에서 하얀 피를 거두어 갑니다.

내 생에 또 하나의 낯선 감동을 만납니다.

울렁이는 마음에 한 줌 소금을 뿌립니다.

이제부터 싱겁다 짜다 하지 않겠습니다.

조선소가 있는 밤 풍경

바닷물은 바다로 돌아가고
거만한 항구 시커먼 등 뒤로
해바라기 같은 가로등 켜진다.
조선소 철문이 쇳소리로 닫히며
찌든 가방을 걸머진 어깨들이
고개 숙이고 지나가는 노점상 앞에서
교미 중인 암캐의 신음소리 잦아든다.
불가해한 관계는 이것만이 아니다.
근원적 결핍이 출렁이는 뒷거리,
낯선 여행자들의 번득이는 시선과
본능적으로 찬란해지는 욕망의 밤.
늙은 좌판에 쭈그리고 마시는 소주
자기 몸이 자기 몸으로 기어들게 하는데
어둠 속에 거대하게 구겨 앉은 공작소,
인생엔 항법이 없음을 예언하고 있다.

왜가리는 외발로 우아하다

석양 아래
왜가리 한 마리 외발로 서 있다.
이 난해한 세상을
한 발로 버틴다는 건 예삿일이 아니다.

무슨 생각 저토록 고고한지
긴 모가지 꼿꼿하게 받치고
우아하게 서 있다.

저건 결기로 되는 게 아니다.
우아함이 결기를 만드는 것이다.
인간사 그러하듯이.

손녀의 풍선

낮에 놓아 준
손녀의 풍선이
보름달 되어
밤에 찾아왔다.

달이 창으로 들어와
잠든 손녀의 머리맡에
둥근 풍선으로 떴다.

낮에 만난 인연이
친구 찾아 밤중에 왔다.

홀연하기

봄 복국 먹으러 부산 간다.
첫물 미나리 파릇파릇 귀때기 띄운
까치복 맑은 탕 먹으러 영주동 간다.

지중해를 밟고 온 바닷바람이
선착장 굵은 밧줄에 코를 비비는 이른 새벽.

까만 밤기차 안에 선잠 혼자 내버려두고
목줄기 칼칼한 복국 먹으러 간다.

서울부터 따라붙던 매운 먼지 낙동강에 내렸고
그러거나 말거나
봄맞이 해장하러 홀연히 간다.

물로 물을 씻으며

깨끗한 물로 더러운 물을 씻는다.
더러운 물이 깨끗한 물에 섞이면서
두 물이 한 몸 같아진다.
물의 본디가 그러하거늘
두 물이 함께 깨끗함으로 돌아가려 한다.
우리가 물을 물이라 불러 그러하거늘
물의 천성은 마다하지 않는다.
내가 아닌 너에 수용되어
오염이 오염 스스로에 순응케 한다.
더운 것엔 더워지고 찬 것엔 차가워지고
깊으면 채우고 차면 넘치며 미추도 구분치 않고
호불호 차별 없이 오면 안기고 떠나면 놓아 준다.
우리가 물을 물로서 사랑함이 그러하거늘
피 묻은 손이든 땀 젖은 손이든
분별하거나 내외하지 않는다.
우리가 사람으로서 물에 얻은 생명이 그러하거늘
삶이 저지르는 악행과 해악, 생의 죄업을

언제 한 번 탓한 적 있더냐.

세상의 풍진, 섭리의 분탕질을 질책한 적 있더냐.

물이 물로써 스스로 자정치 않는 물 있더냐.

한 방울의 물이든 한 가람의 물이든

물은 물로서 물이기를 다한다.

사람은 사람으로 씻는다.

봄날의 한때

봄이 왔다.

사람들은 섬진강 하구 하동 땅으로 꽃놀이 간다.

아침 안개는 봇짐만 내려놓고 햇살 곁을 떠났고

강둑에 만개한 벚꽃들이

홍안의 볼때기를 빛내는 해군 병사들처럼

차려 자세로 서 있다.

흐를 듯 말 듯한 강물 속엔

새파란 하늘이 온몸을 담근 채

반듯하게 누워 일광욕 중이고

북새통이 이끄는 큰길 상춘객 속에서

누가 내 등짝을 탁 친다.

'야, 이 머스마야!'

간덩이가 툭, 놀라 휘둥그레 돌아본다.

'니, 누고?'

'이 문딩아, 내 화자다!'

립스틱 짙게 바른 초등 동기생 가시나가

참꽃처럼 웃으며 끌어안고 비빈다.

오메 좋은 거—

우리는 늙은 몸을 붙들어 잡고 언덕 위 식당에서

재첩국 동동주 콧물눈물 흘리며 먹는다.

60년 뒤켠에서 돌아온

늙은 소년이 소녀와 마주 앉아 웃는다.

유수 같은 세월, 봄날의 한때—.

돌

돌.

돌만큼 쉬운 이름 있을까.

언제 불러도 정겹게 달려오는 이름 있을까.

그때의 산촌에는

순돌이 차돌이 깐돌이 갑돌이가

풀처럼 흙처럼 밥처럼 살았고

그들 이름은 누가 불러도 돌처럼 쉬웠다.

쉽게 친하게 늘 곁에 있었던 돌.

그 돌들 다 어디로 갔을까.

너도 돌들처럼 발에 밟히고 팔매질 당하며

그리 살았던 때 있었나.

입에 씹히는 돌부터 석탑의 정수리까지,

또는 겨울엔 한데서 얼고

여름엔 개천까지 떠밀려가서

보답 없이 불평 없이 살아 본 날 있었나.

변치 않는 우리 말

돌.

하늘꽃 피는 날

눈 온다.

하얗게.

숲이 주저앉으며
섬이 된다.

세상의 몸이
토끼털처럼 부드러워지는데

검정 구두를 신은 철새 한 떼가
하나 둘 셋
구보하는 하늘 속

폴락폴락 이팝꽃 핀다.

입동 전에 해야 할 세 가지 숙제

낡은 푸대 어깨에 메고 제주에 가서
밤새워 철썩이며 앓는
한라산 가을을 한 섬 가득
해맑게 담아 소스라쳐 오겠네.

싯누렇게 녹이 슨 조선 낫 챙겨 들고
탱탱하게 익은 철원평야 쌀알들을
왼종일 거둬 담아 낟가리 쌓겠네.
촛불 거둔 광화문 휑한 광장 복판
땀 밴 고함마다 한 푸대씩 주겠네.

철 지난 여름과 철든 가을 어귀
똥개들 컹컹대는 고향마을 공동 마당에
허연 달빛 쓸어 눈부시게 쌓아 두겠네.

읍내 헌책방 세로로 조판된 문고 몇 권
옆집 문방구 미농지로 싸서

서재 바닥에 전기요 깔고 엎더 뒹굴뒹굴

서너 달 겨울 공화국 씨름하며 보내겠네.

그날 그리고 그 이튿날

살다보면 사무침이 지워질까 했습니다
어제인 듯 선연히 나타나는 그날
그리고 그 이튿날도 그랬습니다
명치에 걸린 그리움이 짐짓 모른 체해도
그냥은 사라질 기미가 없습니다
그렇게 아픈 그날
그리고 그 이튿날도 그랬습니다
어머니가 가신 그 후
그 긴 세월 동안
나는 하루도 사무치지 않는 날이
없었습니다.

행복을 저축하다

삶을 저축할 수 있다면
입출금통장처럼
자동이체도 되고 카드로도 사용할 수 있다면
남의 눈치 안 보고
기분 좋은 날엔 눈 감고 확 그어도 보고
이런 생각을 할 땐 행복해진다
넘치는 오늘의 행복을 저축해 두었다가
문득 외로운 날에 카드로 내밀어
바닥이 드러날 때까지 낭비도 해보고
한 푼 이자가 붙지 않는다 해도
부와 명예 사랑과 질투까지도 저축해야겠다
날마다 챙기고 부어
내 인생 두둑한 통장 하나 만들어야겠다
오늘 같이 좋은 날은
마음 문이 닳도록 들락거리며 저축을 해야겠다.

아버지의 황금 들녘

석양빛에 드러누운 바다처럼
하늘 아래 그득히 싯누런 들판이 출렁이네
풍년 들었네 아버지의 가을

그토록 바쁘게 냉수에 찬밥 말아 후루룩
더운밥은 시간이 걸린다면서
황금같이 아끼던 농부의 호시절 왔네

쓸쓸함보다 더 쓸쓸해지네
이 땅에 뿌리를 내리고
지심을 뽑아 올려 몸 굵게 먹고 살았던 시절
그런 아버지의 아들로 태어나
이 들판의 익은 나락처럼
고개를 숙이고 누렇게 익어가는 그런 삶
회오가 넘실거리는 들길을 걷네.

지는 석양을 보며

흙을 파고 나이를 묻습니다
지금부터 거꾸로 묻으려 합니다
일흔일곱, 일흔여섯, 예순셋
예순한 살 까지 순식간입니다
먹을 때의 나이와는 너무 빠르게 묻힙니다
그토록 지난하게 살아온 세월이
순식간에 몸을 던져 차곡차곡 쌓입니다
금방 구덩이가 그득해지도록
추풍에 낙엽이듯 등을 지고 눕습니다
이순, 지천명, 불혹이라는 명패들이
헛물켜듯 까마득히 지워집니다
부끄럽습니다
이리 쉽게 지워질 줄 몰랐습니다
삶이 그토록 가벼운 한낱 허물 같을까요
헛 산 세월이 나이 탓만은 아니겠지요
나무들은 한해살이를 잎에 실어 보내지만
새 봄에 다시 자랑처럼 솟아오르지만

나는 한 줌의 분노만큼도 안 되는 부끄러움으로

떨군 고개 들고 하늘을 올려 봅니다

참 맑고 푸릅니다

일생 동안 머리에 이고 온 하늘이 이토록 황홀해지는 건

무슨 깨달음의 탓이겠지요

세상이 험하다고요, 그럴까요

나의 오늘이 비로소 내 탓이라는 것을 알게 하네요.

사과의 주인은 누구인가

읽던 책을 덮어둔 지 이틀이 지났다
그새를 참지 못하고 잡념들이 수풀처럼 자랐다
사과밭을 거닐며 잘 익은 사과에게 미안하다
저들이 저런 홍안이 되도록
나는 무슨 고민을 했는가
생각이 생각처럼 되지 않음을 사과에게서 느낀다

사과의 주인은 누구인가
세상의 모든 것을 두고 달다 쓰다 맵다 떫다
높게, 낮게, 무겁게 가볍게, 깊게……
그것이 느낌인가
사과의 생각은 무엇인가 사과에게 묻는다.

빨강 양철우체통

편지 없는 빈 우체통은
우체통이 아니라 양철통이다
내 언제 손편지 받아보았느냐
인쇄물이나 받아 안는 주제에
옛날 그 자리 그 골목에 그대로
우체통이란 이름표를 달고
비가 오나 눈이 오나 마냥 서 있는
너는 우체통이냐!
내가 왜 빨갛게 약이 오르느냐!

어머니의 들길

들길을 걷는데
누가 신었던 것인지
까만 고무신 한 짝이 버려져 있다
울컥 가슴살이 떨린다

어머니 삶의 태반은 검정 고무신이셨다
마당에, 들녘에, 오일장에, 아들네 오실 때에도
오로지 검정고무신이셨다

갑년에 흰고무신을 사 드렸더니
내가 이런 호사를 해도 되느냐고 하셨다
고무신은 어머니 인생 고해의 편주였다.

앉은뱅이꽃

바다를 건너고 싶지만
너무 넓어
건널 수 없고

하늘을 날고 싶지만
너무 높아
날 수 없고

강은 길어서, 산은 커서
짐승들은 무서워서, 사람들은 야박해서
도시는 시끄러워, 시골은 외로워서

숲속 오솔길 옆
따뜻한 양지녘에 터를 잡았다.

닭발을 구우며

달걀 한 개가 금쪽일 때가 있었지
이따금 수탉처럼 도도하려 했었지

탁발승의 허기를 짐작으로 짐작하려 했었지

백일몽을 꾸던 날
세태의 풍문에 간을 맞추며
바람의 맛을 보려 했었지

늙은 우리 할매는
닭갈비와 닭발을 푹 고아 드셨지

추억은 혀가 닿지 않아도 맛을 느끼지.

4부

이삭줍기

시인의 산문

이삭줍기

*

여름이 벌 떼같이 몰려와
태양의 자락에 나를 묻는다.

*

다윗의 고을에
목자의 소곤거림이
포근한 양털처럼 비치는 아침입니다.

*

손을 들어
손끝에 매달리는 나를 찾는다.

*

시를 쓰다가
시를 못 쓰고
벌겋게 헤쳐 놓은 가슴.

*

어머니가 꼭 쥐어 주시던 내 열 손가락

오늘은 기계로 변했다.

*

끝남과 시작이 응어리진 지점.

빈 공간을 에워싼 테두리로

소복이 밀려와 쌓이는 성곽이랄까.

영시零時를 향한 손짓……

　　　　　　　　　　　　—『미완의 서정』에서

*

이제 나에게는 '첫'이라는 것이 찾아올 하얀 여백이 없다.

나에게 모든 처음은 이미 지나갔기에

'첫'이란 것을 더욱 꿈꾸게 되는지도 모른다.

*

가슴 속에 숨겨둔 것이

어디 가랴 하고

찾았더니

없다.

*

하늘 길을 내려 하는지
섬엔 유독
바람 타는 새들이 많다.

*

암자
창틀에서 놀고 있는
어린 볕의 무게를
몸으로 달아 보고 있는
관음죽
새로 틔운 잎사귀에
독경 소리 앉는다.

*

먼데서 누가 오느냐
아니면
섶 속에서 비비추 정분나는
봄비 소리냐.

—『잠시일 뿐』에서

*

이른 봄

햇살이 방 안에 든다.

유리를 뚫고 들어온 빛은 새우 살처럼 통통하다.

— 『여행지에서의 편지』에서

*

나긋나긋 꽃피는 사이사이로

촛대 같은 머리를 처박다가

천 개의 입술로 사라지는 소나기.

*

물비늘 속에는

단칸의 달집이 등을 켜고 있다.

*

바퀴는 둥글다.

밖에서 누가 내 영혼을 들여다보고 있다.

어젯밤에는 별이 빛났고

둥근 것의 본능이 구르고 있다.

— 『누가 고양이를 나비라 하는가』에서

*

곱게 살던 사람이
서랍 속에서 나온 편지 한 통에
비 젖는 보안등처럼 흔들립니다.

*

산다는 게 그러려니 하니
더 볼 것도 더 알 것도
더 바랄 것도 없다.

그러거나 말거나
시나 쓰고 살아가려 하는데
창 밖 백 리쯤에서
들풀 마르는 소리가 들린다.

*

TV 속에서 빙하가 무너져 내리고 있다.
더위가 몇 발짝 백곰처럼 물러선다.
그들이 태평양에 가서 고래 밥이 되는 날
나는 창가에 광복절 태극기를 단다.
사람들이 집을 비우고 여행을 떠난 후

내 혼자서 더위를 이기는 방법으로
졸음 속에 떠도는 물색 그림을 본다.

*

꽃이 지기 시작하면
사랑하지 못했던 것이 보입니다.

*

눈을 감고 생각해 봅니다.
인생 칠십에
몇 마리의 나비를 보았을까.
아이 같은 나는
처음 본 거울처럼 화들짝 놀랍니다.

*

아이야, 나의 이 말이
이해가 되는지 어쩐지 몰라도
겨울 물은 차갑고 여름 물은 더울지라도
세상인심이 그럴지라도
물수제비란 놀랍게도
기타 줄 같은 것이 추억을 헤집어서

174

탱탱탱 심줄을 튕긴다는 것.
삶은 그런 것이다.

＊

무성할 때 못 본 옆 나무처럼
조락의 계절에야 훤히 보이는,
노인의 친구란 그런 것이다.

—『사람의 저녁』에서

＊

벌에게
한 방울 꿀 따기는
천 송이의 꽃술에
만 번의 날갯짓이라는데
새싹 하나가
대지의 뚜껑을 열고 나오면서
지상의 눈치를 살핀다.

＊

봄이 왔다고
종일 행복한 건 아니다.

배꽃은 울타리 안에서 피고
민들레는 길가에 피었다.
울타리는 사람이 만든 것이다.

―『철새는 제철에 떠난다』에서

*

상상으로 만들어 내는 동화 같은 거
노동자의 노래에 담긴 고통 같은 거
군중 속에 숨은 장중한 비애 같은 거
만약에 우리 생명이 버스 안내판처럼
대기 시간이 숫자로 나온다면, 또는 모래시계처럼
속을 보이면서 줄어든다면……
풍경이 상상을 연출할 때
마을버스가 왔다.
버스는 나를 태우고 상상처럼 간다.

*

오전 내내
벨 한 번 울리지 않는 핸드폰을
반들반들하도록 만지작거리며
국수집에 왔더니

닫혀 있다.
내 인생의 부록처럼 불안하다.

—『세상의 문』에서

*

하얀 설산 공중 높이 떠 있고
날개 편 수리가 바람을 타고 있다.
지금은 명상에 잠길 때가 아니다.
지상이 가장 아름다운 시간,
어느 땅에 발품을 팔아도 즐거운 날,
같은 꿈을 꾸며 부르는 합창처럼
세상의 문을 우렁우렁 두드린다.

*

하현달도 지고
초롱초롱해지는 별들이
잠든 산을 깨우는
새벽,
절 마당을 쓸어 내는 싸리비 끝에
마당을 기어 나온 목탁 소리가 탁탁
휘어지면서 튕겨지고 있다.

*

자기야,

우리

코타키나발루로 가서

낮이고 밤이고

바다하고 놀다가

눈물 한 방울

보태 주고 오자.

―『마음의 집』에서

*

삶에도 계절이 있다면

지금의 나는 겨울에 살고

오늘은 춥고 아프고 외롭다.

마음은 옷 벗은 숲 같고

몸은 눈 맞은 산처럼 허옇다.

새는 둥지에 들었고

꽃은 뿌리에 숨었다.

*

새가

한밤에
찻물처럼 운다.

쪼르르, 쪼르르.

*

내 언제
저들처럼 달려 보았는가.
대지의 등뼈처럼 곧은 철길을
야수같이 달리는 밤차.

*

면사포 같은 비행운 토해 내며
신혼여행 떠나는 보스포루스 행 비행기.

*

문득 어느 아름다움에 당도해
젖은 감정 꺼내 놓고
길 위에 서서
생각의 바깥에 내리는 비를 맞는다.
몸 바깥의 비가 몸 안으로 젖는다.

*

왜! 허접한 관념에 매몰차지 못할까.

가능과 불능을

마음과 마음 아니게 할 수 없을까.

*

겨울비 내린다.

사람의 도시 늦은 저녁에

세상의 털끝이 고개를 숙이며

비릿하게 젖는다.

후드득후드득

누구의 혼이 먼 길 떠나는지

은잔에 초혼의 술을 부시듯

맑게 운다.

―『빠르게 또는 느리게』에서

마음은 외출하고
— 시인의 산문

*

마음은 외출하고

빈 등걸만 앉아 있을 때가 있다.

마음은 어디로 가고 빈 껍질만 앉아 묵묵할 때가 있다.

마음이 빠져나간 가슴은 속이 빠져나간 포대처럼 볼품없는 껍질이다. 그래, 이 못난 껍데기만 두고 마음은 어디로 갔을까! 마음이 가는 곳은 언제나 지나온 과거다. 언제인가 그가 있었던, 그것이 아픔이었거나 즐거움이었거나 그가 머물러 잠시 깃들었던 곳으로 간다. 또한 오래 머물러 가장 무성한 추억의 숲을 찾는다.

*

나의 고향은 경북 청도군 이서면 새터라는 동네다. 인근 마을에서 새로 생겼다고 새터란 이름을 붙여주었을 것이다.

내가 어렸을 때도 한 집 두 집 새집들이 생기곤 했다. 겨울을 지낸 들판에 아직은 잔설이 보이고, 양지쪽에는 냉이 새순이 오를 무렵이면 어디서 옮겨왔는지 새빨간 송기가 드러난 소나

181

무 기둥들이 빈터에 쌓인다.

어느 날 낯선 대목수가 와서 정으로 치고 대패질을 한다.

이마에 질끈 수건을 동이고 가슴은 풀어헤친 채 구슬땀을 흘린다. 간혹 "애, 이리 와 먹줄 좀 잡아라" 하는 날이면 마음이 그렇게 기쁠 수 없었다. 도르르 실패에 감겼던 먹줄이 풀리면서 굵고 긴 나무기둥을 말 타듯 타고 앉아서 먹줄을 당긴다. "옆으로 약간. 아니, 조금 위로!" 시키는 대로 얼마든지 부림당해도 기분이 좋았다. 어느덧 새참이 오고 시뻘건 쇠고기 국물이라도 나오는 날이면 나도 한 그릇 몫을 받아서 포식을 한다. 당시만 해도 점심을 건너뛰던 시절이라서 마냥 횡재일 수밖에 없었다. 드문드문 콩알이 섞인 흰밥을 먹으면 나는 꼭 무슨 설날이나 제삿날처럼 경사스럽기까지 했다.

그렇게 몇 날이 지나면 그날은 기둥이 서고 서까래가 얹히고, 아무것도 없었던 공터에 비까번쩍한 새집이 선다.

동네 재직이가 이른 새벽에 사령을 한다. "오늘 성주댁 새집에 알매치로 오이소" 하고 여러 번 되풀이해서 동구에서 외친다. 그 목소리가 얼마나 반갑게 들렸는지 모른다. 그날은 온동네 잔칫날이다. 집집의 어른들이 다 모이고 아낙네들은 부엌과 마당을 들락거리며 밥과 나물을 하고 국을 끓인다. 술은 큰 독으로 가득하고, 음식 익는 냄새가 온 마을 가득히 퍼진다.

나는 그런 어린 나이에 술을 마셔보았다. 술독에 띄워둔 바가지로 어른들 흉내를 내보았던 것이다. 따뜻한 봄날, 컬컬한

모가지에 시원한 막걸리를 부으니 잘 넘어가더라. 그래서 금방 취해 아무데나 쓰러져 한잠 자다가 일어나 보니, 떠들썩한 가운데 반죽을 한 흙덩이가 손에 손을 이어서 던져지고 노래가 흥얼거려지며 (지금 생각해보면 앞소리와 후렴이 있는 마땅한 노래가 있었던 것 같다) 지붕 위로 휙휙 흙덩이가 날아다녔다.

한쪽에서는 여물을 썰어 진흙에 섞어 뿌리며 물을 붓고 발로 밟아 이기기도 했다. 또 한쪽에서는 짚단을 안고 와서 줄줄이 앉아 이영을 엮고 감아서 눈사람처럼 세워두고 있었다. 눈 깜짝할 사이에 크고 보기 좋은 초가집 한 채가 우뚝 서더라. 아이들은 이리 뛰고 저리 구르며 흙칠을 하고 지푸라기를 뒤집어쓰우며 신나게 놀았다.

이렇게 하여 우리 동네는 한 집 한 집씩 늘어났고, 그런데도 겨우 20여 호 남짓한 작은 마을이었다.

그러나 그런 작은 마을에도 아이들이 많아서 우리 또래가 여섯이나 되었다. 여섯 명의 동갑내기는 하루도 빠지지 않고 모여 놀았고, 초등학교와 중학교 9년을 함께 다녔다. 면 소재지에 있는 학교까지는 꼬박 십리길. 9년을 한결같이 걸어 다니면서 사시사철 재미난 일이란 헤아릴 수 없도록 많았다.

때때로 박이 터지도록 싸움질도 했지만, 꼭 무슨 한 뱃속의 형제들처럼 살을 비비며 자라왔다. 지금은 신작로가 되었지만, 그때의 구라동 고개에는 황토 미끄럼판이 있었다. 불그스

레한 황토가 비단처럼 흘러내린 고개를 넘어 다니며 하교 길에는 으레 솔가지를 꺾어 엉덩이에 깔고 미끄럼을 탔다. 옷이 해지고 해가 뉘엿뉘엿 저물어도 마냥 즐거웠다.

봄부터 가을까지는 늘 쇠꼴을 뜯기 위해 망태를 메고 낫을 휘두르며 들판을 뛰어다녔고, 좀 더 자라서는 지게를 지고 십 리길 산까지 땔감을 구하러 다녔다. 가다가 겨울 연못을 만나면 지게를 거꾸로 누이고 썰매를 탔다. 물에 빠져 젖은 솜바지를 말리기 위해 불을 피우고, 오그라든 고추를 거머쥐고 추위에 떨기도 했다. 그 당시엔 속옷이나 팬티란 게 달리 없었으니, 바지만 벗으면 알몸이었다. 그래도 그리 춥지 않았다. 그토록 재미가 있었던 게다.

겨울 짧은 해가 드러눕기 시작하면 한 짐 삭정이를 지고서 달음질을 친다. 어찌 그리도 땀이 나고 배가 고프던지 허리가 접히곤 했다.

허겁지겁 저녁을 먹은 뒤엔 등잔불을 키우고 엄마는 바느질을, 누나는 내 옷을 벗기고 이를 잡았다. 타닥타닥 이가 호롱불에 타며 고소한 냄새를 풍겼다. 나는 홀랑 벗은 몸으로 아랫목에 누워 뒹굴다 어느새 깊은 잠이 들었다. 그때는 한 번도 공부하라는 말을 듣지 못했다. 공부는 으레 학교에서 하는 것으로 어른들은 생각했다. 어쩌다 숙제라도 할라치면 등잔불 차례도 오지 않을뿐더러, 공부는 학교에 가서 하라는 지청구를 들었다.

중학교를 마치고 고등학교는 객지로 나갔다. 대구나 부산 등지로 친척이 있는 고장에 더부살이를 가는 것이었다. 그때만 해도 유학이라고 했다. 대구나 부산에서 학교에 다니는 것을 큰 긍지로 여겼기에 이때부턴 조금씩 의젓해지고 남다른 생각에 젖기도 했다.

어쩌다 친척집을 나와 방 한 칸을 얻어 자취라도 할라치면 밥 짓고 빨래하고 반찬 만드는 일을 혼자 다 해내야 했다. 한 달에 한 번 시골집에 가서 갖가지 밑반찬과 쌀 한 말을 등짐으로 지고 청도읍까지 30리 길을 걸어서 기차역으로 갔다. 땀을 흘리며 기차 시간에 맞추기 위해 헐레벌떡 뛰어다니던 그때가 그래도 좋았다. 한 달에 한 번씩 보는 부모형제지만 어찌 그리도 반갑고 또 헤어지기가 싫던지.

또한 역전에는 언제나 힘센 친구들이 있어 가끔은 이유 없이 얻어터지기도 했다.

*

이제 고향을 떠난 지 30여 년이 지났다. 아직 어른들이 고향에 계시는지라 설과 추석, 아버님 어머님 생신 때에 맞춰 일 년에 네 차례 정도는 반드시 고향을 찾는다. 그런 경우를 제외하면 방문이 쉽지 않다. 찾아도 옛날 같지 않아 쓸쓸한 마음으로 돌아오게 된다. 그러나 마음만은 지금도 자주 나를 떠나서 그곳으로 향한다.

—『영혼의 겨울일기』에서

시인의 말

 팔순을 맞으며 시선집을 꾸려보았다.
 그동안 여러 차례 이 같은 책을 한 권 꾸려보고 싶었던 것이 사실이다.
 시를 쓰기 시작한 지도 어느덧 오십여 년.
 그럼에도 시인이라는 칭호가 면구스럽기만 하다.
 시집이라는 이름을 붙여 간행한 책만 해도 열아홉 권이다.
 헛소리 같은 중얼거림을 되짚어보니 여간 부끄럽지 않다.
 그러면서도 자식 사랑 같은 애착을 버리지 못해 부끄러움을 넘어서는 어리석음에 빠져들었다.
 손수 저지르는 잘못이 두려워 가까운 시우詩友의 손을 빌었다.
 김영래 시인이 흔쾌히 일을 맡아주어 나는 뒷짐만 졌다.
 시편들에 드러나는 모든 잘잘못은 나의 소관임은 말할 나위 없을 것이다.
 늙어서 할 수 있는 일이 뭐 있겠는가.
 자연을 사랑하고, 일상의 자질구레한 일들을 눈여겨보고, 그럼으로써 떠오르는 시상들을 더듬고 다듬는 일.
 나는 이보다 행복한 일을 알지 못한다.

186

'세상의 모든 저녁'…….

무겁고 두려운 제목이다.

얼마나 많은 저녁들이 나에게로 와서 나를 통해 흘러갔을까.

또 나에게는 얼마만큼의 저녁들이 남아 있는 것일까.

늘그막에 누려보는 이 은유와 희롱을 느껍게 받아주시길 바라며…….

― 2019년 3월. 박현태

엮은이의 말

어느 술자리에서 건넨 나의 충동적인 제안이 일의 발단이었
다.

왜 그랬을까?

사실 그 많은 시집들 속에 누구 한 사람 보아주지 않는(시인
자신까지도!) 상태로 흩어져 있을 시편들이 늘 마음에 걸렸다.

왠지 모르겠다.

시인 스스로 하기엔 걸맞지 않으니 누군가는 해야 할 일이
었다.

열아홉 권의 시집 속에서 옥석을 가리는 일은 지난했다. 이
십사 년 만의 폭염 속에서 가려 뽑은 시들을 타이핑하는 일도
쉽지 않았다.

그렇게 해서 여기, 백아홉 편의 시들이 한 권의 책 속에 자리
잡게 되었다.

후학에겐 공부였고, 사실 공부만큼 큰 기쁨이 없음을 새기
는 시간이었다.

엮은이는 시집 전체를 꼼꼼하게 읽었다고 자부하지만 놓친
부분이 많을 것이다.

흘려버리기 아까운 시들은 '이삭줍기'에 담았다.

한 편의 시로서는 완성도가 떨어지지만, 한 연 한 행으로서 빛을 발하는 시구들을 모은 '이삭줍기'는 어쩌면 시선집 발간 역사상 유례없는(?) 발상으로 남을 것이다.

새벽의 샘을 마주하는 신선함. 옛 거울에 얼굴을 비춰보는 놀라움. 말라붙은 우물을 들여다보는 안쓰러움······.

이 모든 것이 이 시집 속에 담겨 있다. 그것들을 발견하는 일은 독자들의 몫이리라.

그렇다.

이제 높고도 깊은, 외롭고도 따듯한 저녁이 왔으니······.

— 2019년 3월. 김영래

세상의 모든 저녁

ⓒ2019 박현태

초판인쇄 _ 2018년 4월 4일

초판발행 _ 2018년 4월 11일

지은이 _ 박현태

엮은이 _ 김영래

발행인 _ 홍순창

발행처 _ 토담미디어

서울 종로구 돈화문로94, 302호(와룡동, 동원빌딩)

전화 02-2271-3335

팩스 0505-365-7845

출판등록 제2-3835호(2003년 8월 23일)

홈페이지 www.todammedia.com

표지디자인. 사진 _ 김영래

ISBN 979-11-6249-058-7